El loro Tico Tango

Escrito e ilustrado por ANNA WITTE

Cantado por BRIAN AMADOR

Barefoot Books

Step inside a story

El loro Tico Tango
llevaba en el pico un mango
que era menos **amarillo**
que el limón de Felipillo.

Y Tico Tango pensó:
"¡Lo quiero!"
Y se lo quitó.

El loro Tico Tango
llevaba en el pico un mango,
y sobre un ala, amarillo,
el limón de Felipillo.

Entonces vio al mono Amado
que comía un higo **morado**.

Y Tico Tango pensó:
"¡Sabroso!"
Y se lo robó.

El loro Tico Tango
llevaba en el pico un mango,
y sobre un ala, amarillo,
el limón de Felipillo,
y el higo al otro lado,
redondo, dulce y morado.

Entonces vio a la serpiente Teresa
con una **roja** cereza.

Y Tico Tango pensó:
"¡Qué linda!"
Y se la llevó.

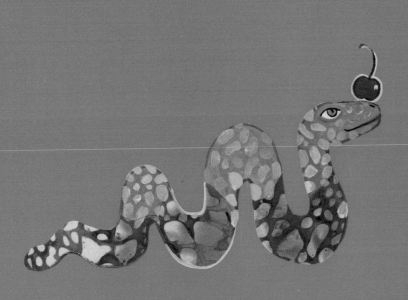

El loro Tico Tango
llevaba en el pico un mango,
y sobre un ala, amarillo,
el limón de Felipillo,
y el higo al otro lado,
redondo, dulce y morado,
y en la espalda, con destreza,
la roja y rica cereza.

Entonces vio a la rana Pepita,
con uvas **verdes** fresquitas.

Y Tico Tango pensó:
"¡Qué verdes!"
Y las agarró.

El loro Tico Tango
llevaba en el pico un mango,
y sobre un ala, amarillo,
el limón de Felipillo,
y el higo al otro lado,
redondo, dulce y morado,
y en la espalda, con destreza,
la roja y rica cereza,
y en una garra, agarradas,
las uvas verdes robadas.

Entonces vio al jaguar Soraya
con una **anaranjada** papaya.

Y Tico Tango pensó:
"¡Qué rica!"
Y se la hurtó.

El loro Tico Tango
llevaba en el pico un mango,
y sobre un ala, amarillo,
el limón de Felipillo,
y el higo al otro lado,
redondo, dulce y morado,
y en la espalda, con destreza,
la roja y rica cereza,
y en una garra, agarradas,
las uvas verdes robadas,
y en la otra, bien sujetada,
la papaya anaranjada.

Entonces vio al lagarto Ramón
con un dátil color **marrón**.

Y Tico Tango pensó:
"Este dátil tan chico
aun me cabe en el pico".

Y sin pensarlo el ladrón

abrió su pico tragón…

Mas sus amigos hambrientos
se pusieron muy contentos.

Juntaron las frutas robadas
para hacer una ensalada.
Las lavaron, las pelaron,
y en trocitos las cortaron.

El loro Tico Tango,
tristísimo sin su mango,
se acordó de sus modales
y habló con los animales.

—Ay, por favor —exclamó—,
perdonen lo que pasó.

Y haciendo un gran esfuerzo,
les pidió de su almuerzo.

Entre todos pensaron
y, finalmente, hablaron:

—Si nos bailas un tango,
te damos algo del mango.

Y Tico Tango pensó:

"¡Qué hambre tengo!"

¡Y bailó!

Para Alex,

con quien corrí descalza por una playa en el sur de Costa Rica,

donde vimos por primera vez a Tico Tango — A. W.

Barefoot Books
294 Banbury Road
Oxford, OX2 7ED

Barefoot Books
2067 Massachusetts Ave
Cambridge, MA 02140

Voz principal, guitarra y programación © de Brian Amador
Grabado y producido por Amador Bilingual Voiceovers, Cambridge, MA, EUA

Publicado por primera vez en Gran Bretaña por Barefoot Books, Ltd
y en los Estados Unidos de América por Barefoot Books, Inc en 2004
Esta edición en rústica se publicó en 2011
Todos los derechos reservados

Diseño gráfico de Barefoot Books, Bath, Inglaterra
Separación de colores por Grafiscan, Verona, Italia
Impreso en China en papel 100 por ciento libre de ácido por Printplus Ltd
La composición tipográfica de este libro se hizo en Toddler y Sassoon Primary
Las ilustraciones se confeccionaron con tejidos, pintura acrílica, papel, tinta y pasteles

ISBN 978-1-84686-670-8

Datos de catalogación y publicación británica: se puede encontrar un récord de catálogo
de este libro en la Biblioteca Británica

Los datos de catalogación y publicación de la Biblioteca del Congreso se encuentran en
LCCN 2004020040

1 3 5 7 9 8 6 4 2